© Uitgeverij Zwijsen Algemeen B.V.
Tilburg,1992,
titre original : *dip en zijn kip.*
© Éditeurop
P.A. Bois Chamaillard. Bessines
BP76 79003 Niort
pour l'édition française.
Dépôt légal : mars 1998.
Bibliothèque nationale.
ISBN 2-84386-007-5.

Exclusivité au Canada :
© Éditions Hurtubise HMH
1815, avenue De Lorimier
Montréal (Québec)
H2K 3W6 Canada.
Dépôt légal : 2e trimestre 1998.
Bibliothèque nationale du Québec,
Bibliothèque nationale du Canada.
ISBN 2-89428-277-X.

Loi n° 49-956 du 16 juillet 1949
sur les publications destinées à la jeunesse.

Imprimé en CEE.

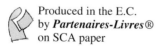

Produced in the E.C.
by *Partenaires-Livres*®
on SCA paper

Une poule à l'école

Une histoire racontée par
Hans Tellin
et illustrée par
Georgien Overwater

Éditeurop / Hurtubise HMH

Table des matières

1. Une poule dans la foule

Théo va à l'école sur sa bicyclette.
« Oh ! Que fait cette poule,
toute seule, dans la foule ? »

« À qui appartient cette poule ?
demande Théo à un passant.
– À personne, répond ce dernier.
Cela fait longtemps qu'elle picore par ici.
Tu ne veux pas l'emmener avec toi ?
– À l'école ? s'étonne Théo.
– Bien sûr ! confirme le monsieur.
Ça pourrait être drôle !

– Cocotte, cocotte !
Viens ici ! crie Théo
en courant après la poule.
Youpi ! Je te tiens !

– Comment t'appelles-tu ?
demande Théo à la poule.
– Picotte, répond celle-ci.
– Eh bien, Picotte,
monte sur le guidon
de ma bicyclette,
on va à l'école.
– C'est ta maîtresse
qui va être contente ! »
remarque Picotte.
Théo est déjà
très en retard.
Il sprinte,
comme un coureur
cycliste.
« Pas si vite !
s'inquiète Picotte.
Le vent
va m'emporter. »

2. Picotte à l'école

Quand Théo arrive,
le cours est déjà commencé.
« Théo, que fait cette poule ici ?
demande la maîtresse.

– C'est Picotte, explique Théo.
Elle ne me quitte plus.
– Nous verrons cela plus tard !
dit la maîtresse. Continuons !
Combien font quatre plus six ?
– Œuf ! Non, neuf ! s'écrie Picotte.

– Ce n'est pas à toi de répondre,
se fâche la maîtresse.
Et en plus, c'est faux ! Théo,
sors cette poule de la classe ! »
Théo emmène Picotte
dans la cour.
« Attends-moi ici, lui dit-il.
– Tu es gentil avec moi, remarque
Picotte, mais pas ta maîtresse.
Donne-moi un baiser. »
Et Picotte embrasse Théo.
« Aïe ! hurle Théo, tu me piques
avec ton bec. »
« Où en sommes-nous ?
demande la maîtresse. Ah oui !
Combien font quatre plus six ? »
Derrière la fenêtre, Picotte
frappe la vitre de son bec :
toc, toc, toc… dix fois !

« Vous avez entendu, dit Théo
à sa maîtresse. Ma poule sait compter.
Quatre et six font dix.
– Fais rentrer cette poule »,
prie la maîtresse.
Elle tend un livre à Picotte.
« Lis ce passage.
– Pic, pic, pic…
– Ça suffit ! lance la maîtresse.
Tu ne sais pas lire !
– C'est que je préférerais faire
de la gymnastique, dit Picotte.
– D'accord ! accepte la maîtresse.
Allons au gymnase. Tu vas nous
montrer de quoi tu es capable. »

11

3. Picotte fait du sport

Picotte court, saute, grimpe,
fait des pirouettes, joue au ballon…
C'est une vraie championne.

Elle saute si haut, qu'elle se retrouve
perchée sur le panier.
« Comment allons-nous la récupérer ?
gémit Théo.
– Ne t'inquiète pas, le rassure la maîtresse.
Je m'en charge. »

Un pied en l'air,
l'autre sur le cheval
d'arçon, la maîtresse
est sur le point d'attraper
Picotte, mais la poule
ne veut pas quitter
son perchoir.
Pic, pic, pic…
Elle lui picore la tête
et s'envole.
« Théo ramène cette poule
chez toi ! hurle la maîtresse
tout ébouriffée.
Je ne veux plus la voir
à l'école.

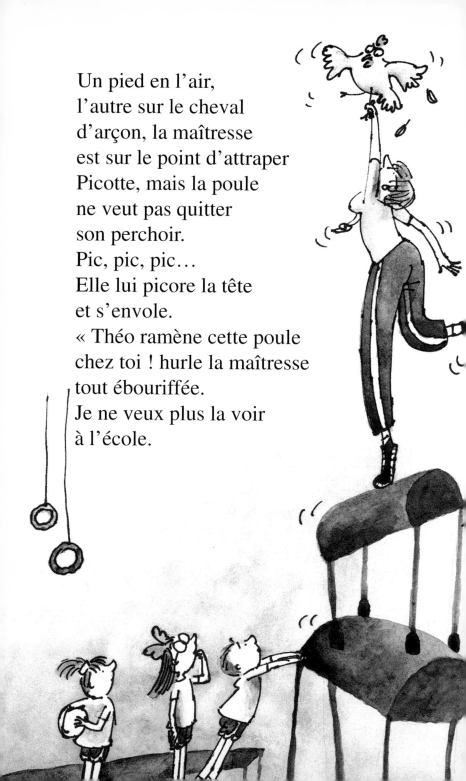

Théo prend Picotte sur sa bicyclette.
« On ne va pas rentrer
à la maison maintenant,
remarque-t-il.
Il est à peine dix heures.
Oh ! J'ai une idée. Picotte,
est-ce que tu aimes l'eau ? »

Théo et Picotte sont sur le plongeoir
de la piscine.
« Je plonge comme un champion,
dit fièrement Théo.
– Moi aussi, affirme Picotte en se jetant
à l'eau… Au secours, Théo ! caquette-t-elle
aussitôt. Je suis toute mouillée.

– Une poule mouillée ! se moque Théo,
je n'avais jamais vu ça.
– Je sais plonger, précise Picotte.
Mais je ne sais pas nager.
– Allez viens ! dit Théo. Cette fois,
on rentre à la maison. »

4. Picotte au supermarché

Picotte est toute mouillée.
Comment l'emmener
à la maison ?
Théo aperçoit un sac
et y fait entrer sa poule.
« L'école est déjà finie,
s'étonne la maman de Théo.
Mais qu'y a-t-il dans ce sac ?

– Picotte, ma poule, dit Théo
en la sortant du sac.
Oh ! Elle a pondu un œuf !
– Ça tombe bien !
remarque sa mère.
Je vais te le faire cuire. »
L'œuf est servi dans
l'assiette de Théo.
Picotte s'approche, et…
Pic, pic. Elle picore l'œuf.

« Quel animal vorace,
s'étonne la mère…
Théo ! Je n'ai plus de savon,
ajoute-t-elle. Va en acheter
au supermarché. Et emmène
cette poule avec toi.
Je ne veux plus la voir
dans la maison. »

Théo cherche le savon
dans les rayons.
Picotte est perchée
à l'avant du chariot.
Elle attrape un paquet
de biscuits.
Pic, pic, pic…
Le paquet est
bientôt vide.

« Hé, là ! crie le directeur du magasin.
Votre poule dévore tous mes biscuits
sans les avoir payés.
– Elle en a mangé seulement
quelques-uns », se défend Théo.
Le directeur est rouge de colère.
« Attrapez-moi cette voleuse !
Elle ne peut pas
rester en liberté. »

Le directeur court
après Picotte, l'attrape
et lui passe une corde
autour du cou.
« Laissez cet animal,
s'écrie un monsieur,
ou je vous dénonce
à la Société protectrice
des animaux. »
Reconnaissante,
Picotte s'approche
du monsieur et… pic, pic, pic,
lui picore affectueusement la jambe.
« Cette poule est complètement folle !
affirme le monsieur. Enfermez-la !
– Picotte,
laisse le monsieur.
Viens ici !
ordonne Théo.
– Personne ne m'aime !
se lamente Picotte.
Je veux une maison
rien qu'à moi. »

6. La maison de Picotte

Théo et Picotte arrivent
à la maison. Dans le jardin,
Théo ramasse des planches.
Zin, zin, zin, toc, toc, toc !
En quelques coups de scie
et de marteau, il construit
un joli poulailler pour Picotte.

La poule est contente
de son nouvel abri.
Elle va pouvoir dormir
tranquillement d'un œil
et, de l'autre, observer
son entourage.

Théo installe Picotte
à l'intérieur du poulailler.
Mais Picotte ressort aussitôt
et grimpe sur le toit.

« J'en ai assez !
s'écrie Théo furieux.
Je ne veux plus te voir. »

La journée se termine.
Le soleil a laissé sa place
à la lune qui brille
dans le ciel.
C'est l'heure de la chasse
pour Félix le chat.

Il aperçoit bientôt Picotte
sur son perchoir,
s'approche doucement, et…
hop ! bondit sur la poule.
Les plumes volent. Picotte
se débat furieusement
et réussit à s'enfuir.

Picotte se sauve en sautillant,
à travers les champs.
Elle arrive enfin à la ferme de Jules.
« Te voilà enfin revenue, Picotte !
s'écrie tout heureux le fermier.
Tu as pu voir qu'il n'y avait pas
d'endroit meilleur que cette maison.
Tu y es chez toi, en liberté,
sans corde ni clôture. »

Collection Étoile

Une poule à l'école

En route pour l'école, Théo rencontre Picotte, une petite poule perdue dans la foule. Théo installe Picotte sur sa bicyclette et l'emmène avec lui. Une poule à l'école, à la piscine, au supermarché, cela risque d'être drôle !

Le petit pont

Jules et Jim habitent de chaque côté du pont, un pont si petit qu'on ne peut le traverser à deux. Aujourd'hui, Jules et Jim sont pressés et veulent franchir le pont en même temps. Qui passera le premier ? Aussi bête et têtu l'un que l'autre, Jules et Jim parviendront-ils à passer le pont.

Le monstre gourmand

La vie de Gilles est devenue un vrai cauchemar ! Toutes les nuits, un monstre l'empêche de dormir et l'oblige à vider le réfrigérateur afin de satisfaire sa faim. Gilles a peur. Et personne ne veut croire à son histoire de monstre gourmand.

Le bric-à-brac de Jacques

Quelle pagaille chez Jacques ! Avec tout ce bric-à-brac, il n'a plus la place de bouger. Un grand ménage s'impose. Mais que faire de cette chaise, de ce vase, de ce vieux coffre et de ce tableau ? Pour donner une nouvelle vie à ces objets, Jacques a bien des idées, mais….

Trois princes et une limace

Le vieux roi est malade. Le moment est venu pour lui de désigner un héritier au royaume. Lequel de ces trois princes ferait un bon successeur ? Le roi va tenter de les départager en les mettant à l'épreuve. Qui aurait pensé que leur sort dépendait d'une limace ?

Du rififi chez les poux

C'est la panique dans la famille Pou ! Un assaut de peigne et de shampooing antipou qui pique les oblige à trouver une meilleure cachette que les cheveux de Marie-Lou…